W0184259

Thomas Rosenlöcher

Wie ich in Ludwig Richters Brautzug verschwand

Zwei Dresdner
Erzählungen

Insel Verlag

Insel-Bücherei Nr. 1266

© Insel Verlag Frankfurt am Main und Leipzig 2005

Wie ich in Ludwig Richters Brautzug verschwand

1.

Als erstes hatte mich der Elbhang persönlich gefragt. In Form einer dieser jungen, mädchenhaften Frauen, die sich des Dresdnerischen mit Munterkeit bedienen und trotz verlorener Revolution, Ehe und anderer Widrigkeiten mit den Jahren immer jünger und mädchenhafter geworden sind. Von der anderen Elbseite war sie extra herübergekommen und mir auf dem Feldweg entgegengerollt, in einem offenen Cabriolet, in dem sie, trotz meiner kritischen Haltung zu Fahrzeugen dieser Art, allein schon durch ihre ausführlichen Locken eine Bereicherung des Erzgebirges darstellte. »Hallo Domas!« rief sie, und während ich mich noch darüber ärgerte, daß nun auch meine Elbhangdresdner »Hallo« zu mir sagten, war sie bereits aus dem Wagen gesprungen; barfuß übrigens.

»Hallo Biggi«, sagte ich. Und – Küßchen links, Küßchen rechts – das hatten wir früher doch auch irgendwie anders gemacht – erwähnte sie das Elbhangfest.

Nun ist es ja so, daß der Elbhangdresdner das Elbhangfest immer erwähnt, wenn er etwas sagen will. Da er aber eigentlich immer etwas sagen will, erwähnt er das Elbhangfest eigentlich immer, in diesem dialektal eingefärbten, kulturell angehauchten Munterkeitston, der Verkehrsform und Ergebnis der Dresdner Lebensweise ist. Doch während der Dresdner persönlich eher zur Zurückhaltung neigt, was Selbstbeurteilung betrifft, kulminiert im Elbhangfest alljährlich die kollektive Selbstüberwältigung. Die Verblüffung, daß da noch Schönheit ist. Die Dankbarkeit, noch vorhanden zu sein: Als Hang wie als Hangbenutzer.

Zugegeben, keine Gegend, die nicht von sich begeistert wäre. Als Gegenreaktion gegen globale Vereinheitlichung ist regionale Resteverwertung gleichzeitig ihr Produkt. Wobei sich der Grad der Begeisterung umgekehrt proportional zur Ursache verhält; die nivellierteste Gegend also die höchste Meinung von sich hat. Doch selbst in Gegenden, die als Besonderheit allein ihren Namen haben, so daß bereits das Ortseingangsschild als Sehenswürdigkeit herhalten muß, die höchstens noch vom Ortsausgangsschild übertroffen werden kann, vermag sogar ein Neheim-Hüsten oder Bitterfeld – rhythmisch hervorgestoßen – hinreichend Heimat zu stiften. Umgekehrt vermögen gerade die größten Sehenswürdigkeiten – in Dresden etwa die wunderbarerweise wieder auferstandene Frauenkirchenkuppel – darüber hinwegzutäuschen, daß die Furie des Verschwindens auch hier die oberste Ortsgöttin ist. Um so wunderbarer, wenn – trotz Bomben, Planwirtschaft und Investoren und sonstiger Flachaktentaschen – im Dresdner Elbhang ein Stück von Dresden überlebte: als Ineinander von Landschaft und Stadt, grüner Verschüttung und Geselligkeit; Dresden als Lebensweise. Wobei der Elbhang manchmal sogar bis auf die andere Elbseite reicht; zum Beispiel nach Kleinzschachwitz herüber, das den großen Vorteil hat, nicht dauernd Kleinzschachwitz sehen zu müssen, sondern von seiner Elbseite aus auf den Elbhang blicken darf, der erst von der anderen Elbseite aus vollständig zu würdigen ist und somit erst sich selbst gegenüber recht eigentlich existiert; der eigentliche Elbhangdresdner also eigentlich auf der falschen Elbseite wohnt, zumal ihm von seinem Wachwitz oder Loschwitz aus täglich der Anblick eines im Tal zerdrieselten Häuserkonglomerats namens Dresden zugemutet wird – wogegen beispielsweise der Kleinzschachwitzer mit Schloßtreppe und Weinbergmauer einen der schönsten Orte diesseits der Alpen vor sich hat – ich muß es wissen, ich habe dort vor der verlorenen Revolution von 1989 und meiner anschließenden Exilierung ins Erzgebirge einen großen Teil meines Lebens verbracht, in einer spätromantischen, volkseigentümlichen Bruchbudenvilla – das heißt, eben nicht als armer Neudresdner durch das Betonbullauge einer übrigens schweineteuren Wohnanlage Namens »Elbhangblick« auf den Elbhang geblickt. Allerdings, auch für manchen aus Stuttgart Hinzugezogenen schließen Wiesen, Fluß und Hang – wenn sie erst einmal an ihm vorbeigezogen sind – die Verpflichtung ein, nach dem Woher und Wohin zu fragen und sich dafür von den Dresdenverächtern, die jetzt in Dresden das Sagen haben, als einen rückwärtsgewandten, sprich: typischen Dresdner entlarven zu lassen.

Jedenfalls ist das Elbhangfest, gerade auch für einen Exildresdner wie mich, fast so wichtig wie Weihnachten; als einmalige Gelegenheit, über sonstige Aufenthalte in Dresden hinaus – in dieser Tiefgarage mit Frauenkirchenanschluß – wieder einmal nach Dresden zu kommen und mich mit meinen Freunden aus Stuttgart unter lauter echten Dresdnern für einen echten Dresdner zu halten. Zumal in diesen zweieinhalb Tagen, neben Widrigkeiten wie Mikrofongebrüll, Verkaufsbudenanhäufungen und Pfälzer Dirndlwein, gelegentlich auch Kultur vorkommt, ja, in zwei, drei Ausnahmefällen – mehr würde wohl doch überlasten – sogar Literatur. Ich selbst darf hier alljährlich etwas über den Elbhang vorlesen, im Kreise meiner Lieben, die mich auf der Welt noch am wenigsten mißverstehen: jene ewig jungen, mädchenhaften Frauen und ihre in letzter Zeit allerdings auffällig gealterten Männer mit den zerknitterten Damalsgesichtern aus der verlorenen Revolution von 1989. Wobei das Elbhangfest immerhin eine Errungenschaft von damals ist: Indem gerade die, die auf der Straße als erstes behaupteten, das Volk zu sein, den Umstand, daß sie nun auch wieder nicht mehr viel zu sagen haben, allein schon deshalb kaum bemerken, weil sie dieses früher ja undenkbare Fest erfanden, das immer, wenn sie dennoch etwas zu sagen haben wollen, ausführlich erwähnt werden kann. Und etwas hat sich ja bis heute vom Geist von damals erhalten, da, als im Oktober die Macht zurückwich, ein versehentlich auf dem Altmarkt stehengebliebener Polizist von den mädchenhaften Frauen derart mit Blumen überhäuft worden ist, daß er kaum noch gehen konnte und alle sehr erleichtert waren, als er sich, von Astern und Dahlien bedeckt, doch noch in Richtung Schießgasse entfernte. – Denn weiterhin öffnen sich dem Besucher auch private Gärten auf ein Gläschen Wein, teilweise sogar unter Wucherpreisverzicht. Und noch wird unter Blumenhüten die Kunst des Aufeinanderzugehens und Guten-Tag-Sagens geübt, die Dresdner Lebensweise. Um so ärgerlicher, daß auch ich mich soeben dieses nichtswürdigen »Hallos« bedient habe, das, wohl der Hundesprache entlehnt, gleichzeitig Gruß und Wurfgeschoß ist, das heißt, den Kurzkontakt mit einer kurzen Attacke verbindet – und selbst in seiner Nebenfunktion als zwischenmenschliches Gleitmittel die Peinlichkeit des Einanderbegegnens dadurch zu kompensieren sucht, daß es sich hurtig beim anderen anbiedert, um hurtig an ihm vorüberzukommen.

Trotzdem sah mich das Elbhangmädchen durch ihre ausführlichen Locken hindurch eingehend von der Seite an; so wie man einen eben ansieht, der in letzter Zeit auffällig gealtert ist mit seinem grauen Damalsbart aus der verlorenen Revolution von 1989.

»Nun?« fragte sie, »Schreibst du etwas Neues für uns?«

»Kann ich nicht etwas Altes vorlesen?« Als Schriftsteller, der fast nichts schrieb, las ich gern etwas Altes vor. Denn selbst wenn ich etwas Altes vorlas, war es ihnen immer wieder völlig neu vorgekommen. Wozu ihnen also etwas Neues vorlesen, wenn sie das Alte auch wieder vergaßen? Erst ab dem zwölften Hören vermochte das Gehörte sich im Hinterhaupt des Hörers als schon gehört zu verdichten. Und nur wenn ich jetzt die Nerven behielt und es auch im nächsten Jahr wieder vorlas, konnte es meinen Zuhörern allmählich unvergeßlich vorkommen.

Das Elbhangmädchen schüttelte ihre ausführlichen Lokken: »Bloß das nicht«, sagte sie. »Das Alte kennen wir schon.«

»Ach was«, sagte ich.

»Alles schon zwölfmal gehört« sagte sie und sah mich abermals an, wie man einen eben ansieht, der frühzeitig verrentnert ist. Doch gerade als Frührentner gingen mir ihre Augen besonders zu Herzen, die mir hinter ihren ausführlichen Locken entgegenleuchteten, als blühten in den Gründen elbüber noch immer die Veilchen am Bach, aus denen uns die ewig jungen, mädchenhaften Frauen, die damals unsere Mütter waren, Blumenkränze zu flechten verstanden, eh wir uns an den Händen faßten und Ringelreihen tanzten. Am Anfang der fünfziger Jahre, die sich auch immer weiter von uns entfernten und, wenn sie so weitermachten, bald bis an den Anfang des letzten Jahrhunderts vorgerückt waren.

»Nun?« fragte die Abgesandte des Elbhangzentralkomitees. »Schreibst Du etwas Neues für uns?«

»Worum geht es diesmal denn?«, fragte ich vorsichtig. Obwohl ich fast nichts schrieb, schrieb ich andauernd das Falsche.

»Hast Du das etwa nicht mitbekommen?«

»Was bekommt man hier schon mit«, sagte ich und deutete auf die umliegenden Äcker.

»Um einen der berühmtesten Künstler am Hang!«

»Theo Adam?« fragte ich.

»Viel älter«, sagte sie.

»Ach so«, sagte ich. Das war ja das Falsche, daß ich andauernd über etwas Altes schrieb: Über die überelbischen Bachgründe und Joseph von Eichendorff, nicht ohne in einer Fußnote noch Eduard Mörike zu erwähnen. Wer aber erwähnte mich? Wo ich doch offensichtlich auch nicht mehr der Jüngste war!

»Zweihundert Jahre alt«, sagte das Elbhangmädchen.

»Wer?« fragte ich erschrocken.

»Ludwig Richter«, sagte sie.

2.

Ludwig Richter fehlte mir noch. Gerade wer dauernd das Falsche schrieb, sollte sich wenigstens Richter ersparen. Mann, der Mann hatte Rehe gemalt. Selbst auf dem »Brautzug im Frühling« schauten Rehe vom Waldrand herüber, bei recht geringem Fluchtabstand. Und während Richters »Genoveva« ihre Brust von vornherein dem deutschen Wald darbot, stand ihr dabei eine Hirschkuh zur Seite, der Fluchtabstand gleich null. Und von der Hirschkuh war es nicht weit bis zum röhrenden Hirsch, der sich nicht umsonst seit Jahrzehnten in die abstrakte Malerei zurückgezogen hatte. Um, als Exilhirsch unerkannt im Einheitsgrau sein Dasein fristend, dem Kitschvorwurf zu entgehen. Erst neuerdings schaute er wieder aus der Objektkunst hervor. In Form von Bibifax, mit dem diese Gesellschaft unwillkürlich um ihre Ablösung bittet. Natürlich mit hochironisch rotierendem Geweih.

Ach, hätte mich die Abgesandte des Elbhangzentralkomitees nach Caspar David Friedrich gefragt. Doch Caspar David Friedrich stand mir irgendwie nicht zu. Dabei hatte er laut Elbhangkurier 1803 ebenfalls einen Sommer auf dem Elbhang verbracht; ähnlich wie Wagner und Weber die Gegend besonders schätzten, nachdem rund zweihundert Jahre zuvor Heinrich Schütz daselbst die Sommerfrische eröffnet hatte. – Selbst als Dresden noch Dresden war, hat man sich gern ein wenig von Dresden separiert, dachte ich, mich unwillkürlich mit Größen wie Richard Wagner vergleichend.

Doch selbst wenn unsereins in Dresden hätte bleiben können – in dieser Tiefgarage mit Frauenkirchenanschluß – würde er heute Exildresdner sein, da aus Dresden kein Dresden mehr wurde. Verpaßt nach 1989 die einmalige Gelegenheit, Dresden wenigstens einmal zu denken; sich über die Belange der Flachaktentaschen hinaus zu fragen, wie diese noch immer halbausgeräumte und damit ja noch zu rettende Stadt ihren innewohnenden Möglichkeiten entsprechen könnte, um auf neue Weise wieder die Alte zu sein: im Ineinander von Urbanität und Landschaft, architektonisch ermöglichtem Miteinander und Traditionsbewußtsein; Dresden als Lebensweise. War jedenfalls in Dresden so gut wie obdachlos. Denn unsere einstige, volkseigentümliche Bruchbudenvilla konnte vor ihrer endgültigen Unbewohnbarkeit nur dadurch gerettet werden, daß sie, außen auf alt erneuert und innen großzügig entkernt, fortan den Siegern der verlorenen Revolution von 1989 als Haupt- oder Nebenresidenz diente und damit für unsereinen nicht nur viel zu schweineteuer, sondern auch aus moralischen Gründen unbewohnbar geworden war.

Den sogenannten Elbhangkurier ließ ich mir trotzdem heimlich auf den Acker bringen. Da Dresden keine nennenswerte Tageszeitung hat, erfuhr ich wenigstens aus diesem, dem Elbhangzentralkomitee nahestehenden Blatt, wogegen als nächstes vergeblich protestiert werden mußte. Auch von Kunst war hier die Rede, insofern noch am Hang ansässig oder sonst schon tot. Und Ludwig Richter da natürlich ein Dauerhit. Laut Elbhangzentralorgan hatte er seit 1852 an die dreißig Sommer auf dem Elbhang verbracht. Das Baumportal, durch das der »Brautzug im Frühling« aus der sakralen Finsternis des Waldes ins segnende Sonnenlicht schreitet, soll er dem Loschwitzgrund entnommen haben. Demselben Loschwitzgrund, durch den sich heute die Grundstraße zieht, die jeder echte Dresdner schon viele tausend Mal mit dem Auto hinauf- und hinuntergedonnert ist, ohne auch nur zu ahnen, was dort für Erinnerungsbäume ihre unsichtbaren Äste ausbreiten. Nur gut, daß wir das meiste vergessen, gegen dessen Verschwinden wir gestern noch vergeblich protestieren durften. Wenn nicht, umgekehrt, das Vergessen das Erinnerte als noch Vorhandenes ausgibt. In diesem Sinne sah ich mit Hilfe des Elbhangkuriers, der seinerseits aus alten Biographien zitierte, unseren Meister noch immer in seinem »schlichten Hüttchen oben am Berge«, hinter den »von Weinreben umrankten Fenstern«, über den »Holzschnittbildern und Aquarellen« sitzen: Mit dem »unbefangenen, kindlichen Blick, dessen plötzliches Aufleuchten, mit einem Zug der Milde um den Mund, dem Gesicht einen wunderbaren Ausdruck verlieh«. Während Richter seinerseits nicht nur über »Obstbäume, Gärten und blühende Büsche«, sondern auch noch über den »wie Silber glänzenden Elbstrom« und die »im Sonnenduft schwimmende Stadt« hinweg zu mir herüber in die »weiten, blauen Fernen des Erzgebirges« sah. Doch wenn der fromme, sich selbst als »unpolitisch« bezeichnende Mann für die »Unternehmungen und Spekulationen« der gründerzeitlichen Flachaktentaschen brieflich immerhin Worte wie »grausenhafter Schwindel« und »Veitstanzgetümmel« fand, so war er doch in seinem Loschwitz wenigstens einigermaßen vor dem Aufschwung Ost gefeit.

Aufgewachsen in der Friedrichstadt, die – wie es in seinen jedem echten Dresdner geläufigen Lebenserinnerungen heißt – »die Hautevolee zu ihrem Wohnsitz nicht erkoren hatte«, fand der Maler in der vertrauten bäuerlich-handwerklichen Umgebung am Hang gewiß noch etwas von jener volkseigentümlichen Direktheit und Einfachheit, die der sich selbst als von Kindern umringter Bildermann darstellende Bildermann als eigentliche Welt behauptete. Natürlich Biedermeier. Doch das Verächtlichkeitswort verkennt, daß es so selbstverständlich nicht war, für den kleinen Mann, sprich: das Volk, einen wirklichen Glücksanspruch einzufordern, ein auf das Wesentliche gerichtetes Miteinander, das vielleicht nicht allzuweit entfernt ist von jener Dresdner Lebensweise, die unsereins auch deshalb postuliert und postuliert, weil er sie, wenn auch mehr ins Proletarische gewendet, einst in seinem Kleinzschachwitz erfahren hat und seither als Lebensanspruch nicht mehr losbekommt, nun aber in diesem Ackerexil, trotz barfüßig vorgefahrenen Elbhanglichtblicks, für immer verloren hat.

Hoftor, Geländer, Torbogen, Fensterdurchblick und dergleichen bestimmen ja nicht umsonst bei Richter den Bildaufbau. Oder jene an Pferdeställen noch heute anzutreffende zweiteilige Tür, die sich auch am Haus des Loschwitzer Fotografen Kotzsch befand: Stets in der unteren Hälfte geschlossen, als eine Art Bretterverschlag die Häuslichkeit befestigend. Oben die Lade jedoch immer offen, so daß man, rebenumrankt, sich aufstützend oder anlehnend, mit oder ohne Kind, Tabakspfeife, Ziege oder Sonnenblume, hinaus- oder hineinschauen konnte – das heißt, unter der Überschrift

»Mein Nest / Ist das best«, in diesem Hoftheater das Private mit dem Öffentlichen korrespondierte, das eng Umbaute mit der Weiterung; das Mäuerchen mit dem Pflaumenbaum und der Pflaumenbaum mit dem Weg, der sich auf ein pünktchenüberflatterndes Feld hinauskrümmte. Bitteschön, ein Idyll. Im Idyll aber doch der Vorschein von Utopie. Bis hin zur Ahnung des Paradieses. Daher auch der bedenklich geringe Fluchtabstand des Ludwig-Richterlichen Rehs.

Allerdings unmöglich, dergleichen aufzuschreiben, ohne sich selbst als Idylliker, sprich: rückwärtsgewandten Dresdner zu entlarven. Und Richter ist ja nun wirklich nicht unbedingt mein Lieblingsmaler. Ohnehin schon viel zuviel hinnehmen gelernt aus diesem Dampfmaschinenjahrhundert, das sich, um sich selbst zu entgehen, fortwährend idealisierte, historisierte und heroisierte. Erst letztens in der Semperoper – die selbst ein begehbares Historienbild ist – angesichts von Wagners zum Dröhnen gebrachten Historienbildern versehentlich Bravo gerufen! Nicht einmal Bahnhofsgotik machte mir noch etwas aus, wenn nur der Zug pünktlich kam. Schon weil dergleichen Gußeisenromantik – vor zwei, drei Jahrzehnten noch gründlich verachtet – gegenüber den heutigen Tiefgaragen und Dirndlbalkonen einen gewissen Fortschritt darstellte. Nur weil die Gegenwart noch Schlimmeres hervorbrachte, war unsereins geneigt, das Schlimme von damals für einigermaßen passabel zu halten. Gerade Richters Jahrhundert hatte ja bereits verlernt, aus sich selbst heraus nach den Gesetzen der Schönheit zu strukturieren, so daß die Kunst dieser Zeit das inhärente Maß an Schönheit durch

Rückgriffe in die Vergangenheit künstlich zu reproduzieren versuchte. Erst von da an erscheint die Grenze zwischen Kunst und Kitsch derartig fließend wie heute. Und ebenfalls neu war an jenem Jahrhundert, daß endgültig kein Verlaß mehr war auf den Ausleseprozeß durch die Zeit, das heißt, Wertvolles und Triviales seither ohne weiteres nebeneinanderher tradiert werden können, bis dahin, daß auch Triviales auf Dauer hohe Auflagen, ja sogar einen gewissen Ewigkeitswert hat. Daß das Volk nicht »tümlich« sei, ist einer der nobelsten Irrtümer Brechts. Ohnehin mußte das Volk, um einigermaßen vorhanden zu sein, erst nach und nach erfunden werden. Und damit das Volk sich auch wiedererkannte, mußte die Erfindung volkstümlich sein. Etwa nach der Methode Luther, die dem Volk auf das Maul geschaut hat, auf daß ihm der Schnabel wüchse, der ihm gewachsen war. Oder nach der Wunderhornmethode, die das Lied dem Volk zuschrieb, das sie aus Büchern ab- und umschrieb, bis das Volk ein Wunderhorn aus Poesie geworden war. Ähnlich wie die Methode Grimm dem Volk das Märchen erzählte, daß sich das Volk das Märchen erzähle, das teils aus dem Französischen kam, teils wirklich zerstreut im Volk umherstreunte, worauf es gesammelt im Volk widerhallte. Auch Ludwig Richter hat noch kräftig an der Erfindung des Volks mitgewirkt. Er lieferte das Bildmaterial, aus dem das Volk ablesen konnte, wie sich das Volk benahm. Ausgerechnet in dem Moment, als Napoleon und Dampfmaschine die bisherigen Existenzformen umzustürzen begannen, hat er das Leben der kleinen Leute für immer und ewig erklärt und tendenziell heiliggesprochen: Das Ringelreihen am Bach, das feierabendliche Pfeiferauchen vor dem Haus, den Gang zum Kirchhof hinüber. Das Kind, das sich mit Schneebällen bewirft und hernach als alter Mann vom Zaun her zusehen muß, wie es sich als Kind mit Schneebällen bewarf. Oder in der Landschaft draußen das völlig regungslose Beieinandersitzen unter der Überschrift »Junge Liebe«, zu dem die heutige junge Liebe allein schon aus technischen Gründen kaum noch in der Lage war.

Freilich, selbst die berühmte Lebenserinnerungsepisode, in der sich der Maler anläßlich einer Elbüberfahrt vorgenommen haben will, Italien endgültig hinter sich zu lassen und dafür die Schönheit der eigenen Gegend in ihrer »Eigenartigkeit zu erfassen«, kommt nicht ohne den Vorsatz zu gefallen aus. Ob Richter wußte, daß dahinter die Gefälligkeit lauert? Hatte im Elbhangkurier immerhin ein Zitat gefunden, wo sich der Maler darüber beklagt, daß es der Verleger Wiegand in Leipzig doch »gar zu jahrmarktmäßig« wolle.

Ob die Nachwelt ihn vergäße, war Richter allerdings egal, wenn nur der Herrgott seiner gedachte. Doch während unsereins schon zu seinen Lebzeiten dauernd etwas Neues abliefern muß, um nicht schlagartig vergessen zu werden – dachte ich und merkte nicht mal, daß ich mich nun auch schon mit Größen wie Ludwig Richter verglich –, hat er sich bereits zu Lebzeiten auf dem Fürstenzug am Dresdner Schloß verewigt gesehen. Freilich auch eine subtile Form der Bestrafung, wegen übergroßer Volkstümlichkeit hinter einer endlosen Reihe von Saufgeorgen einhergehen zu müssen. Und, mit einem Häuflein Professoren, Handwerkern und

Fahnenschwenkern, als Volksvertreter mehr nur der Blinddarmfortsatz der Wettiner zu sein. Allerdings stellt Richter für den Fürstenzug auch eine Bereicherung dar, wenn er – als einer, der sich das lange Haar der Romantik im hohen Alter noch zu bewahren vermochte – die vorüberziehenden Touristen mit seinen gütigen und frommen Augen dahingehend mustert, ob sie denn heute auch schon zur Kirche waren. Was sich im vorliegenden Fall teils sogar bejahen läßt, weil nebenan die Tiefgarage einen Frauenkirchenanschluß hat.

Übrigens genügte bereits des Malers Anwesenheit, um Kinder nach sich zu ziehen: direkt aus dem »Brautzug im Frühling« in den Fürstenzug hinübergewirbelt. Womit das über hundert Meter lange Wandbild allerdings zu Ende geht. Wer oder was hernach noch heranmarschiert, muß der Betrachter sich selber denken: die wechselnden Embleme und Fahnen, die dauernde Marschmusik. Bis 1989 wir paar Dresdner Hanseln auch noch angetappt kommen, das »Wir-sind-das-Volk« auf den Lippen. Denn nach der Methode Karl Marx galten wir jetzt als Subjekt der Geschichte. Und wollten die Volksherrschaft endlich haben, die wir im Osten angeblich schon hatten. Ob Richter bei uns mitgemacht hätte, muß allerdings bezweifelt werden. Schon während der verlorenen Dresdner Revolution von 1849 – als Wagner eigens eine Handgranate anfertigen ließ und Semper eine Barrikade – soll Richter im Hauspelz ausgerechnet an dieser »Genoveva« herumradiert haben. Kein Wunder, daß ihm der Fürstenzug blühte – und Wagner, Semper das Exil. Und doch haben wir Dresdner mit der verlorenen Revolution von 1989 die verlorene Revolution von 1849 gewonnen: Die Despotie beseitigt, die Bürgerrechte eingeführt, das geteilte Land geeint. Nie in der Geschichte ist eine verlorene Revolution siegreicher gewesen als die unsere. Mit Hilfe der Leipziger freilich, die bedeutend häufiger als wir auf der Straße vorkamen. Denn in Wirklichkeit haben die meisten von uns Anfang Oktober auch noch an irgendeiner Genoveva herumschnitzen müssen. Und erst als sich abzuzeichnen begann, daß diesmal keiner erschossen würde, fanden auch sie den Weg auf die Straße, nicht ohne von sich selbst zu glauben, von Anfang an mit dabeigewesen zu sein. Wie aber funktionierte eigentlich die Volksherrschaft? Ach, hätten wir Marx gleich richtig gelesen, so hätten wir gleich gewußt, daß Marx das auch nicht wußte. Schlagartig gingen wir dazu über, statt das Volk ein Volk zu uns zu sagen, um der drohenden Gefahr zu entgehen, uns auch noch selber regieren zu müssen. »Hände weg vom Volkseigentum!« riefen wir uns zu; wohl unser letzter kollektiver Gedanke. Kein Wunder, daß wir zurückgeben mußten, was uns vielleicht schon zur Hälfte gehörte. Kurz: Kaum hatten wir uns als Volk definiert, sind wir mit Hilfe des Volks wieder abgeschafft worden. Und heißen jetzt Bevölkerung, gelegentlich auch König Kunde, statistisch Konsument.

3.

»Nun«, fragte das Elbhangmädchen: »Ist Dir etwas eingefallen?«

»Wozu?« fragte ich.

»Zu Ludwig Richter natürlich.« Und sich bei mir unterhakend, berichtete sie beiläufig, daß dieses Mal zum Elbhangfest auch Bilder verlebendigt würden. Der »Heimkehrende Harfner« etwa, oder die »Überfahrt am Schreckenstein«.

»Gute Idee«, sagte ich. Hatte der »Heimkehrende Harfner« in seinem roten Kapuzenhemd vor der Bergkulisse einherreitend nicht ohnehin etwas Marionettenhaftes? Und stammten die Gemütszustandsfiguren aus der »Überfahrt am Schreckenstein« in ihrer Überdeutlichkeit nicht von vornherein aus einem Schnittmusterbogen? Freilich das Kind, das da, den Kopf auf den Bootsrand geschmiegt, das Zweiglein der Romantik durchs vorüberströmende Wasser zieht, wäre ich gern gewesen. Wie auch im Kahn der Harfner, schon weil er Richter selbst erstaunlich ähnlich sah. Als hätte sich der junge Richter in dem alten Mann um Jahrzehnte vorausporträtiert; ein in der Kunstgeschichte gewiß einmaliger Vorgang.

Dann aber dieser Watzmann! Bei aller Leuchtkraft und jugendfrischer Naivität doch gar zu additiv; viel zu sehr ein Sammelsurium von Bergspitze, Wasserfall, Berghütte und Vordergrundblume, um nicht hinter Richters eigenem Satz zurückzubleiben, nach dem »die Kunst nur der beseelte Widerschein der Natur aus dem Spiegel der Seele« sei. Als Friedrich Richters Watzmann sah, soll er nach Hause gegangen sein, um sich seinen eigenen Watzmann zu malen. Und das, ohne den Watzmann in Wirklichkeit je gesehen zu haben. Nur mit Hilfe einer Schülerstudie. Und mit jener – Richters Satz freilich erstaunlich ähnlichen – Formel, die für mich den Fundamentalsatz der Kunst überhaupt darstellt, nämlich, daß der Maler nicht bloß malen solle, was er vor sich sieht, sondern auch, was er in sich sieht.

Was aber hat Friedrich in sich gesehen? Sah Friedrichs viel strengerer Watzmann nicht Friedrich selber ähnlich? Als hätte sich Friedrich im Watzmann selber porträtiert; ein in der Kunstgeschichte gewiß einmaliger Vorgang.

Unterdessen hatten wir uns auf eine Bank gesetzt, von der aus wir das ganze Ausmaß meines Ackerexils überschauen konnten. Wobei wir unwillkürlich den Holzschnitt verlebendigten, unter dem bei Richter »Junge Liebe« stand. Denn dazu war unser Jahrgang ja gerade noch in der Lage, die »Junge Liebe« einigermaßen reglos hinter sich zu bringen. Sogar eine Lerche sang über uns. Nur hinderlich mein Damalsbart, der einfach nicht aufhören wollte, auf die verlorene Revolution von 1989 hinzuweisen.

»Schön hast Du es hier«, sagte das Elbhangmädchen.

Schwieg hierauf eine Weile. Elbhangseitigen Spott konnte ich in meiner Exilsituation nun wirklich nicht vertragen.

»Wird der Watzmann auch verlebendigt?« fragte ich schließlich.

»Welcher Watzmann?« rief sie.

»Der von Richter natürlich.«

»Ach so.« Sagte sie. »Warum nicht?«

»Viel zuviel Wasserfall«, sagte ich. »Selbst für das Elbhangzentralkomitee.« – Allerdings hatte sie sich bereits für den »Brautzug im Frühling« entschieden.

»Das hätte ich auch getan«, sagte ich. Auf den »Brautzug im Frühling« ließ ich bis heute nichts kommen. Kein echter

Dresdner, der nicht mit ihm aufgewachsen war. Bei meinem Großvater hing er gleich neben der Frauenkirche; zwei säuberlich eingerahmte Denkmale des Unwiederbringlichen.

»Das ist noch Kunst«, pflegte Großvater im Hinblick auf den »Brautzug« zu sagen. Kunst kam bei ihm von Menschenliebe, und Menschenliebe drückte sich in der Hinwendung zu allen Kreaturen aus. Kein Bild von Richter, behauptete er, auf dem nicht auch ein Hund vorkäme.

»Hier ist kein Hund!« sagte ich und deutete auf das Notenalbum, aus dem sich Großvater, das Klavier nach Tasten absuchend, beim Singen zu begleiten pflegte; die sogenannte »Hausmusik«. Auch das Bild auf dem Album nannte sich »Hausmusik«, und parallel musizierten über dem Dach die Engel und Spatzen. »Unsinn«, sagte Großvater und holte seine Kunstbetrachtungslupe hervor, die übrigens beleuchtbar war. »Und was ist das?« fragte er, auf ein spitzohriges Wesen deutend, das noch hinter der Hitsche, auf der das kleinste Kind der Familie hockte, dem musischen Ereignis lauschte.

»Eine Katze«, sagte ich. »Dann ist das keine Zeichnung von Richter«, lautete Großvaters Bescheid. »Hier steht aber: Ludwig Richter«, entgegnete ich, auf die Innenseite des Albums verweisend. Worauf Großvater resigniert seine Kunstbetrachtungslupe ausknipste. Bei nächster Gelegenheit jedoch erneut behauptete, daß auf jedem Bild von Richter auch ein Hund sein Daseinsrecht hätte. Und alle nickten und meinten, das auch beobachtet zu haben: »Kein Richter-Bild ohne Hund«.

Den »Brautzug im Frühling« habe ich mir jedenfalls als kleiner Junge oft angeschaut. Heiraten mochte ich immer schon gern. Freilich, im wirklichen Leben gab es oft Schwierigkeiten mit dem Personal. Am ehesten fand sich noch wer für die niederen Dienste wie Blumenstreuen, Spalierbilden oder Schleppetragen, und obwohl ich natürlich der Bräutigam war, machte ich meist den Pfarrer gleich mit. Auch Blumen fürs Kränzeflechten gab es auf den Elbwiesen reichlich. Nur die schöne Braut war rar und zeigte sich oft tagelang nicht. Ganze Nachmittage habe ich auf der Bordsteinkante verhockt. Denn als schöne Braut kam nur die Eine in Frage. Dann aber erschien sie doch und brachte sogar die Ringe ihrer Eltern mit. So also doch noch der Heilige Akt: unter einer Uferweide, die mit ihren weit ins Gras herabhängenden Ästen als Naturheiligtum und als Kirche diente. Derart, daß ich nach der Predigt und der Befragung des Brautpaars wieder in die Position des Bräutigams wechselte, um der Braut das Jawort zu geben. Allerdings, auf das Ringeanstecken folgte die Kußnotwendigkeit. Ach, was bin ich über die Elbwiesen gerannt, bis mich die schöne Braut doch noch erwischte und ich unter dem Beifall der Hochzeitsgesellschaft beteuerte, jetzt leider wieder der Pfarrer zu sein.

Durch Richters »Brautzug« habe ich erfahren, wie der Mensch auf der Welt eigentlich heiraten muß. Das oft als harmlos verachtete Idyll schließt einen Anspruch ein, vor dem die üblichen Methoden, die Ehe einzugehen, zu einem Trauerfall werden.

»Bist Du im Brautzug die Braut?« fragte ich das Elbhangmädchen.

»Hältst Du das für möglich?« fragte sie, mir näher kommend. Näher, als bei Ludwig Richter eigentlich vorgesehen.

Ob sie mich etwa küssen wollte? Obwohl doch meine Frau nicht zu Hause war? Unmöglich, zu behaupten, jetzt leider wieder der Pfarrer zu sein.

»Sag okay«, sagte sie. Mir nun schon derart nahe gekommen, daß die gesamte abendländische Malerei aus meiner Wahrnehmung fiel.

»Wozu?«, fragte ich.

»Zu Ludwig Richter natürlich.«

»Okay, okay«, sagte ich. Doch ehe ich mich noch darüber ärgern konnte, daß ich nun selber auch dieses nichtswürdige Wort in den Mund genommen hatte, ging sie schon zu ihrem Cabriolet, das ebenso leuchtete wie das blutrote Hemd des »Heimkehrenden Harfners«. Und während ich noch überlegte, ob das schöne Kind die verlorene Revolution von 1989 überhaupt verloren hatte, erwähnte sie, daß diesmal das Elbhangfest aus Geldmangel bedeutend bescheidener ausfallen müsse als sonst, was allerdings gewiß im Sinne Ludwig Richters sei. »Geldmangel«, erläuterte ich, »ist ein direkter Segen von oben« – eine Bemerkung, die ich sofort wieder rückgängig zu machen versuchte, als sie die Honorarsumme nannte. »Grüß mir das Elbhangzentralkomitee«, rief ich noch, da sie in ihr Wägelchen sprang; barfuß übrigens. Und als sie, von schnatternden Gänsen verfolgt, entlang des Feldwegs davonschaukelte, fragte ich mich, ob Richter ihr noch ein Blumenkränzchen aufgemalt hätte, obwohl sie mit ihren ausführlichen Locken auch so eine Bereicherung des Erzgebirges darstellte. Dann ging ich ins Haus und kramte den »Brautzug im Frühling« hervor. Fand dabei sogar die Lupe meines Großvaters und knipste sie andächtig an. Zwar hörte ich noch ein Rumoren, das hieß: meine Frau kam nach Haus – doch höchstens von fern noch die Rufe im Hinblick aufs Abendbrot. Denn da folgte ich schon der Lupe, die blinkerte leise voraus, so daß ich, ihr nachsinkend, tiefer im Dickicht des Brautzugs verschwand.

4.

Tage später rief der Rundfunk bei mir an. Eine dieser jungen, mädchenhaften Frauen, die trotz schlipstragender Chefs, absackender Einschaltquoten und anderer Widrigkeiten noch immer für die Erhaltung des Kulturbegriffs kämpfen.

»Wollen Sie nicht mal etwas über Ludwig Richter schreiben?«

»Warum gerade ich?«

»Ludwig Richter paßt doch zu ihnen.«

»Meinen Sie?« fragte ich. Da hatte ich es wieder. Noch kein Wort über Richter geschrieben und schon in der Richter-Ecke. Woher wußte sie, daß mein Fuß bis in das Ringelreihen der Kinderzeit hinunterreichte? In den Anfang der fünfziger Jahre, die, wenn sie so weitermachten, bald bis an den Anfang des letzten Jahrhunderts vorgerückt waren? So weit, daß ich dem Maler fast noch persönlich hätte begegnet sein können. Erst gestern wieder auf dem Fußboden gehockt, im Richter-Hausbuch zu blättern. Jede gescheiterte Revolution neigt am Ende zum Biedermeier, dachte ich und war doch froh, anstatt an Hand von Bibifax mit diesen furchtbar braven Sachen aufgewachsen zu sein. Zugegeben, das Elbhangmädchen hätte der Meister enttäuscht. Ihr zwar einen Blumenkranz aufgemalt, doch dafür das Cabriolet weggenommen. Barfuß hätte er sie davonziehen lassen, vor den schnatternden Gänsen einher. Denn weder Eisenbahn noch Dampfschiff durften auf Ludwig Richters Bildern vorkommen – obwohl er dergleichen in Wirklichkeit gar nicht ungern benutzte. Doch gerade weil Richter die Neuerungen seiner Zeit mit zeichnerischer Nichtachtung strafte, habe ich als Kind durch ihn einen Katalog der wirklich wichtigen Lebenstatsachen an die Hand bekommen: angefangen vom »Essen auftragen« bis hin zum »Guck in die Welt«. Allerdings an der Grenze des gerade noch Möglichen, dieser – im Laufe der Jahre immer starrer ausfallende – Versuch, die Zeit anzuhalten: die Schnörkel aus Kaiser Maximilians Gebetbuch über den gezeichneten Rahmen hinweg ins Bildinnere wuchern zu lassen und inwendig die Luft zu fälteln und zu knittern, daß alles beim Alten bliebe – ein gotisierendes Immerdar mit puppigen Kindergesichtern.

Kunst kann ihrer Zeit auch entsprechen, indem sie ihr nicht entspricht. Idyll ist Gegenwelt. Idyllenverachtung Affirmation der Zerstörungspraxis. Schon bei meinen Lieblingsdichtern, Mörike und Eichendorff, vermochte das Idyll, als das Flüchtige schlechthin, ein besonderer Schmerzpunkt zu sein. Doch auch das Richtersche Idyll, das, nach Jean Paul, Vollglück in der Beschränkung, wird gar zu rasch mit Beschränktheit verwechselt, denn Beschränkung kann auch Erweiterung bedeuten. Selbst der Idyllenverächter hält sein beschränktes Gesicht nicht ungern der wärmenden Sonne entgegen.

Dennoch war es mir peinlich, als mich meine Frau beim Blättern im Ludwig-Richter-Hausbuch ertappte. Stand ohnehin bei ihr im Verdacht, allmählich wieder einfältig zu werden. Doch eine gewisse Einfalt war nun einmal Voraussetzung für das richtige Richter-Verständnis. Die Fähigkeit, in die eigene Kindheit abzutauchen. Ähnlich wie die Gemälde in ihrer Überdeutlichkeit – als gemalte Märchen betrachtet – plötzlich stimmig werden. Erst wenn die Realismuserwartung einmal abgestellt ist, vermögen die – sonst ja wirklich oft konventionell anmutenden Farben und Formen – eine Vertrautheit herzustellen, die schon an Versunkenes rührt. Denn die Zeit des Märchens heißt Immer und Nie. Und die Hochzeitsleute im »Brautzug« sind gekleidet wie in der Tannhäuserzeit. Die Blumenstreukinder, die Hirten dagegen eher zeitgenössisch: Ein zeitliches Simultanbild, wo man aus dämmrigem Damals in eine leuchtende, ach, was sage ich, jubelnde Gegenwart tritt; in eine Richtersche Gegenwart, die auch zu Richters Zeiten nicht ganz von heute war. Und während sich in der »Überfahrt am Schrekkenstein« die Zeiten ebenfalls verschränken und die zeitgenössischen Lebensalterfiguren sacht auseinanderstreben, weiß man hier nicht umsonst nicht genau, in welche Richtung der Kahn auf der Elbe treibt, denn eigentlich ist man schon angekommen: unter dem märchenhaft goldenen, golden im Wasser gespiegelten Himmel; alles in Gottes Hand. – Richter ein frommer Mann. Jedenfalls baten mich, in solchem Verständnis betrachtet, auf einmal selbst »Harfner« und »Watzmann« um ästhetisches Asyl. Und schließlich hatte ich sogar von Ludwig Richter geträumt, das heißt, in meinem Richter-Traum rief mich der Generaldirektor der Staatlichen Kunstsammlungen an.

»Wollen Sie den Watzmann haben?«

»Welchen Watzmann?« fragte ich.

»Den von Richter natürlich.«

»Der hängt doch in Bayern.«

»Die haben auch keinen Platz. Zu viel Objektkunst, verstehen Sie? Lauter Bibifax, durch den diese Gesellschaft heimlich um ihre Ablösung bittet. Natürlich mit hochironischem Rotationsgeweih. – Wollen Sie den Watzmann oder wollen Sie ihn nicht?«

»Na, wegen mir!« sagte ich.

»Was sagten Sie?« fragte die Kämpferin für die Aufrechterhaltung des Kulturbegriffs.

»Na, wegen mir!« sagte ich.

»Fein«, sagte sie. »Wir freuen uns auf ihren Text.«

5.

Zu dieser Zeit trug es sich zu, daß ich die Stadt Meißen betrat. Nicht etwa Ludwig Richters wegen, obwohl er dort auch sieben Jahre zubrachte, halb krank vor Italiensehnsucht. War ja überhaupt ein Ideal der Maler dieser Zeit, skizzierend die Welt zu durchwandern, als ahnten sie bereits, daß ihnen die Fotografie auf den Füßen folgte. Und daß sie sich beeilen mußten, um noch vorzufinden, was ihnen malbar schien. Wobei die Furie des Verschwindens den Musen nicht nur vorauseilt, sondern oft genug auch zu ihrem Gefolge gehört.

Wehe dem Apfelbaum, den ein Dichter bedichtet. Wehe der Landschaft, der sich ein Maler mit seinem Farbkasten nähert. Kaum skizziert und schon futsch. Zum Beispiel das von Richter gezeichnete, von Kotzsch photographierte Kotzsch-Haus: Wegen anhaltenden Bröckelcharakters im Jahre 1905 samt Ausguckhaustür und Inschrift: »Mein Nest / Ist das best« im Auftrag von Kotzsch abgerissen.

Nein, nicht Richters wegen hatte ich mich hierher verfügt, sondern weil ich auch einmal bei einem Gläschen Wein auf Meißens Uraltdächer blickend zu den Siegern der Geschichte gehören wollte.

Allerdings die Stadt derart voll, daß man kaum treten konnte. Flucht in das Stadtmuseum. An der Museumswand, vielfach vergrößert, der »Brautzug im Frühling«. Und vor dem »Brautzug im Frühling« ein zweiter »Brautzug im Frühling«, letzterer lebensgroß.

»Nisch waggeln!« hieß es, dann Blitzlichtgewitter. Dann Ludwig Richter in jüngeren Jahren, der den lebensgroßen »Brautzug« über ein paralleles Brückchen mit einem Bächlein aus Silberpapier hinwegzudirigieren versuchte. Wobei dieser Ludwig Richter sowohl vom Heiraten als auch vom »Brautzug im Frühling« keine Ahnung hatte, das heißt, die Blumenstreukinder hinter dem Brautpaar anordnen wollte, doch von den herzueilenden Kulturdezernentinnen zum Glück noch korrigiert werden konnte, eh man in die Stadt hinaustrat. »Eine Marketingmaßnahme«, informierte mich eine Dresdnerin. Niemals würde man in Dresden dergleichen zustande bringen. Nein, auch nicht zum Elbhangfest. Und dabei sei Ludwig Richter Dresdens bedeutendster Maler. Sie wisse das genau, weil sie bei den Staatlichen Kunstsammlungen als Aufsicht beschäftigt sei. Nach keinem anderen Maler würde häufiger gefragt als nach Ludwig Richter. »Und nach Friedrich?« fragte ich. »Welcher Friedrich?« fragte sie. – »Der mit dem Kreuz im Gebirge.« – »Ja, nach dem manchmal auch. – Nur viel, viel seltener.«

Langsam schob sich der Brautzug durch Meißens ansteigende Gassen hindurch in Richtung Burgberg hinauf. Oft war stehenzubleiben, sei es, weil erneut geknipst werden mußte, sei es, weil Wein kredenzt wurde oder ein Mann mit medaillengeschmücktem Filzhut dem Brautpaar ein sogenanntes Volkslied vorsang, aus dem ich mir die Worte »Widewidewenne« und »Putthenne« notierte.

Aber das Brautpaar hatte nur Augen für sich. Und seltsam verzaubert trottete ich hinter der Marketingmaßnahme her. Allein die Blumenstreukinder! Mit lebendig braunen Augen staunten sie in eine Gegenwart hinein, die endlich einmal nicht mehr nur von heute war. Und liefen auch richtig voraus, mit frischgeschnittenen, beblätterten Weidenstöcken. Und dann das Brautpaar, von hoheitsvollem, ja nachgerade fürstlichem Schmelz. Der Jüngling hochgewachsen, mit schmalem Kopf, lang herabfallendem kastanienbraunem Haar und kräftigen Augenbrauen. Dagegen die Braut, ein kleines, margeritenhaftes Gesichtchen; im Haarkranz ein Kränzlein aus Maiglöckchen, Efeu, Röslein blaß. Und dazu noch die Kulturdezernentinnen! Großblumig bekränzt entsprachen sie ganz meinem Alter. Und hatten gerade durch feinste Fältelungen in den Augenwinkeln und malvenartige Verschattungen die strahlendsten Augensterne. Wie überhaupt der Mensch, mit Blumenkränzen geschmückt, gleichzeitig anwesender und vergänglicher erscheint. Wogegen unsereins in seinen Neuzeitklamotten lebenslänglich falsch kostümiert herumlaufen muß. Selbst Meißens Bürgermeister, der im schlichten braunen Kittel einen flötespielenden Hirten darstellte, hatte offenbar erst jetzt das ihm gemäße Berufsbild gefunden.

In meiner romantischen Sehnsucht, in mehreren Zeiten gleichzeitig zu leben, versuchte ich mich direkt hinter das Brautpaar zu schmuggeln. Mit einem gewissen Schwindelgefühl, durch den plötzlichen Zeitenwechsel. Aber die Kulturdezernentinnen erkannten mich sofort – als einen, der gleichfalls gestraft war mit seinen Gegenwartshosen: »Leute von heute nach hinten!«

Am sogenannten »Burglehenhaus«, wo der Maler gewohnt hatte und eine Gedenktafel angebracht war, schaute ein älterer Mann zum Fenster heraus.

»Ist Ludwig Richter da oben?« fragte der junge Mann, der hier den Ludwig Richter abgab – eine für einen Ludwig Richter allerdings ziemlich alberne Frage.

»Welcher Richter?« kam es von oben.

»Der Maler natürlich!«

»Nee, mein Lieber«, sagte der Mann. »Den Maler brauchen wir nicht. Das bissel Farbe klatschen wir uns gleich selber an die Wand.«

Unterm Torhaustorbogen demonstratives Gehüstel der Hochzeitsgesellschaft. Eine Limousine versperrte, abgaserzeugend, das Tor. Ausstiegen Braut und Bräutigam. Doch während er in seinem kremfarbenen Anzug wie ein Kühlschrankverkäufer aussah, mutete sie in ihrem Spitzenkleid aus Polyurethan leider wie eine Weihnachtsgans an. Und schon durch sich selbst genügend gestraft, mußte das Brautpaar nun auch noch mit ansehen, wie auf der Welt eigentlich geheiratet wird. Und wirklich, das vorn auf der Motorhaube befestigte Blumenbukett erinnerte an einen Begräbnisblumenstrauß.

Als der »Brautzug im Frühling« den Dom betrat, setzte die Orgel ein. Allerdings rannte die Hochzeitsgesellschaft einfach unter dem Georgel hinweg, in diesen gottlosen Zeiten. Und dem sakralen Dunkel entkommen, scharte man sich – ohne Jawort und Kuß – sofort um die Hochzeitstafel. Ich aber hielt mich abseits und ließ meinen Kopf über Meißens nun auch ins Neudeutsche hinüber geglättete Dächer hängen.

»Sind Sie der berühmte Dichter?«

Errötete sofort. Eine der Kulturdezernentinnen war an mich herangetreten. »Finde ich toll«, sagte sie, »daß Sie von so weit her nach Meißen gekommen sind!«

»Na ja«, sagte ich, noch tiefer errötend.

»Machen Sie uns die Freude und feiern Sie mit uns, Herr Rühmkorf!« rief sie. Und mich gegenüber dem Brautpaar plazierend, bedeutete sie dem Hirtenknaben, der einst der Bürgermeister war, daß ich extra aus Hamburg hierhergekommen sei.

Errötete hierauf erst recht. Gerade Rühmkorf wollte ich schon immer einmal sein. Und mich als Prominenz vorbeugend, fragte ich das Brautpaar leise, ob es ihnen nicht leid täte, heute leider mehr nur ins Leere geheiratet zu haben.

Nun errötete auch der Bräutigam. »Ja«, sagte er. »Das haben wir uns eben auch gefragt, nicht wahr?«

»Ja«, flüsterte die Braut. Da klingelte ein Telefon. Mitten im »Brautzug im Frühling« klingelte ein Telefon. Alle schauten sich um. Auch ich schaute mich um. Obwohl mir bereits dämmerte, daß es in meinem Inneren tobte. Trotz meiner kritischen Haltung zu Geräten dieser Art hatte es mir meine Frau ins Jackett gesteckt – für den Fall, daß ich in Meißen versackte.

»Rühmkorf«, sagte ich.

Es war die Zeitschrift »Brigitte«. Sie suchten einen Rosenlöcher, für einen Ludwig-Richter-Beitrag.

»Tut mir leid«, sagte ich. »Der ist im ›Brautzug im Frühling‹ verschwunden.«

Sandsteindresden

1.

Wer als Dresdner in der Welt etwas werden will, muß rechtzeitig die Stadt verlassen. Allein schon des Sandsteins wegen, der nach den Worten eines, der die Stadt auch verließ, alles weich macht, was hier aufwächst. Und was sich im milden Klima, unterhalb sachter Hügelketten, entlang des auch nicht gerade stürmisch auftretenden Flusses, eines besonders nachgiebigen, sprich: babbschen Idioms bedient, des sogenannten Sandsteinsächsisch, das, kaum im Mund des Sprechers geformt, sich seinerseits den Sprecher formt. Wobei mancher Elbtalbewohner jahrzehntelang nicht nur das Elbtal bewohnte, sondern gleichzeitig im Ostblock festsaß, der ebenfalls eine Geduldsprobe war. Allein die vollen Straßenbahnen. Sich da, die eine Hand kopfüber in der Schlaufe festgekrallt, in Solidarität mit den anderen Insassen fledermausartig hin- und herschwankend durch das Elbtal schaukeln zu lassen und gleichwohl mit der anderen Hand seinen Dante zu lesen, natürlich in der Übertragung von Philaletes, der unter dem Namen Johann von Sachsen unser König war.

Nicht, daß bestehende Deutungshoheiten hier noch in Frage gestellt werden sollen. Nur soviel: Außer Restriktion auch Vormodernität. Außer Abducken auch sonntags Spazierengehen, und zwar zu Begegnungszwecken, immer die Elbwiesen lang. Habe als Kind immerhin noch einen Diener machen gelernt und mache auch heute noch einen Diener, wenn es sich irgendwie einrichten läßt, einen unmerklichen Elbwiesendiener, daß wenigstens etwas bleibt. Obwohl ich doch selbst nicht mehr glaube, daß von der Ostherkunft in, sagen wir zehn, zwanzig Jahren noch etwas zu spüren sein wird. Denn auch die Dresdner immer härter. Rasch das Wort Super gelernt. Die dynamische Lebensweise: So lange keine Zeit zu haben, bis man gestorben ist. Achtung: Dresdenbesucher! Bei Straßenüberquerung möglichst flehentlich um sich blicken. Denn nirgendwo in Deutschland wird der zweibeinige Mensch derartig von Stoßstangen gejagt wie ausgerechnet hier. Selbst sogenannte Zebrastreifen dienen nur indirekt der Arterhaltung. Sind weniger Schutz-, denn Gefahrenzone. Aufforderung, sich beim Betreten nach Art des Zebras (lat. hippotigris) fortzubewegen; zumindest was die Fluchtbereitschaft dieses ungemein wachsamen und scheuen Einhufers betrifft. Kunststadt nennt sich Dresden, nur weil in der Oper manchmal jemand singt. Kunststadt, obwohl man hier als Künstler schon lange tot sein muß, abgesehen von einigen alternden Opernsängern und einem Hoftrompeter. Kunststadt, als ob nicht die Pneus längst das Sagen hätten. Ach, als vor Jahren ein Architekt, aus der für einen Architekten erstaunlichen Erkenntnis heraus, daß diese Stadt durch die Öffnung zur Landschaft noch immer etwas Besonderes sei, vorschlug, dergleichen vom Zwingergraben aus unter weitgehendem Großklotzverzicht grachtenartig fortzusetzen – wobei er auch einen Spielplatz vorsah, obwohl doch spielende Kinder in der Innenstadt längst ausgerottet sind –, erhob sich die halbe Architektenkammer und sprach vom Straßenverkehr. Schließlich haben wir Zebrastreifen – für die, die sich noch ihrer Hufe bedienen. Oh Herr, verteuere Deine Benzine ums Neunundneunzigfache! – Ein Stoßgebet, dessen Erhörung mich allerdings selber träfe. Gehöre ja selbst oft genug zum Pulk der Wahnsinnigen, die ungeachtet des weltberühmten Canalettoblicks vor der Ampel nur darauf lauern, im geschlossenen Sprung über den Elbstrom zu setzen. Wobei ich auch noch der einzige bin, der leider weiß, was er tut. Daher diese lurchhafte Brillenmelancholie hinter der Windschutzscheibe, besonders wenn Dauerregen die Elbmetropole bedroht.

Freilich, falls Dresden ohnehin seinen Sandsteincharakter abstreift, muß einer Dresden gar nicht mehr verlassen, um in der Welt etwas zu werden. Ging nach der deutschen Zusammenlegung ja auch umgekehrt: Die Welt kam aus München und Stuttgart nach Dresden, um hier etwas zu werden, was schlagartig gelang. Womit nicht gesagt werden soll, daß wir kolonisiert worden wären. Nicht umsonst hat sich unser Regierungspräsident zufrieden über den Umstand geäußert, daß, ihn selber eingerechnet, nur die Hälfte seiner Mitarbeiter aus dem Westen komme. Ob sich allerdings auch der Regierungspräsident von Stuttgart so zufrieden darüber geäußert hätte, wenn, außer ihm, die Hälfte seiner Mitarbeiter aus dem Osten käme? Und die Stuttgarter selbst? Begnügten sie sich ebenfalls mit den untergeordneteren Posten, dem etwas geringeren Gehalt? Würden sie den Umstand, daß Stuttgart, immobilistisch gesehen, plötzlich lauter Ostlern gehörte, ebenfalls gar nicht erst wahrhaben wollen? Wie meine lieben Sandsteindresdner? Die dem Regierungspräsidenten freundlich Beifall klatschten, so wie sie immer Beifall klatschen, wenn irgendwo jemand singt. Und die gar nicht erst auf die Idee kämen, solche Fragen zu stellen. Als wüßten sie, daß solche Fragen so wichtig nun auch nicht sind. Als vertrauten sie darauf, daß der Sandstein die Leute, die jetzt das Sagen haben, allmählich auch verdresdnert, bis ihre Karrieren im Elbtal versacken. – Seelig sind die Sanftmütigen, steht immer noch über dem Elbhang geschrieben, wenigstens bei besserem Wetter, wenn der Himmel wieder Italien nachahmt. Denn muß einer denn in der Welt etwas werden, wenn Härte die Voraussetzung ist? Bedeutet es nicht ein tieferes Lächeln, als runder Puttenhintern auf der Zwingerbalustrade im Ansturm der Verhältnisse ein wenig Sand rieseln zu lassen? Besser weich in Dresden als in der Welt Granit.

2.

Klemme mir eine Dresdenbroschüre unter den Arm, um, als Dresdenbesucher getarnt, den Dresdenbesuchern zu lauschen. Vielleicht, daß ich so einmal erfahre, was mich um alle Welt so lange hier gehalten hat. Eine Limousine fährt auf mich zu. Zurückspringend registriere ich, daß es sich um einen sogenannten Phaeton handelt. Im Fernsehen habe ich gesehen, wie der Phaeton entsteht. In Dresdens Gläserner Manufaktur, der weltweit modernsten Autofabrik. Nicht wie Kathedralen sonst von der Erde zum Himmel gewachsen – sondern eher exterrestrisch herabgesenkt. Wobei sich der Phaeton laut Fernsehen in umgekehrter Richtung bewegt, das heißt, von Männern in hellen Ganzkörperanzügen ausdrücklich heraufgewinkt, durch einen erleuchteten Schacht dem Kunden entgegensteigt wie eine Gottheit dem Gott.

Was freilich kein Grund ist, mir fast über die Füße zu fahren. Und als distinguierter, pfeiferauchender Herr im Vorübergleiten »He« zu mir zu sagen.

»He, Sie sind aus Dresden!«

»Sieht man das schon.«

»Und können mir sagen, wo hier das Zentrum ist?«

»Welches Zentrum?«

»Das von Dresden natürlich.«

»Das weiß keiner genau.« – Und wirklich: leider hat man es verpaßt, die Gläserne Manufaktur gleich über den Dresdner Zwinger zu wölben, das heißt, das alte Barockzentrum mit dem neuen Innovationshöhepunkt zu vereinen und so die Erlebniskulturen von Perücken- und Schlipszeitalter miteinander zu kombinieren: Montage in der Nixengrotte, Auslieferung durchs Kronentor. Flankierende Innovationspantomime durch die marsmännerartig gekleideten Arbeitsdarsteller auf Pöppelmanns Puttenbalkons.

»Aber Sie müssen doch wissen, wo hier das Zentrum ist!«

Schon verständlich, daß er seinem Wagen das Zentrum vorführen will. Denn nach dem Ritual der Vereinigung – das aus dem Handschlag des diensthabenden Hauptmanagers, dem Anlegen der Sicherheitsgurte und dem Anwerfen der Kolbensysteme besteht – war der Phaeton natürlich sofort auf das Dresdner Vorkriegspflaster geholpert und hatte sich hernach in den Plattenbauwüsten unserer vierzigjährigen Nachkriegszeit verirrt. Viel zuviel Geschichte, um nicht in die Zeitlosigkeit eines historisch hergerichteten Zentrums eintauchen zu wollen.

»Das Zentrum, he!« ruft er aus seinem Angeberauto hervor. Wobei mir das Angeberauto so angeberisch nun auch wieder nicht vorkommt, da heute ja die meisten Autos wie Angeberautos aussehen. Überhaupt hat das Management mit dem Namen Phaeton ein diesen Kreisen so gar nicht zugetrautes Gespür für mythologische Anspielungen bewiesen. Denn Phaeton ist doch der Kerl, der als Sohn des Sonnengottes den Vater um den Zündschlüssel bat. Und der bei der Probefahrt durch das All mit dem Sonnenwagen der Erde derart nahetrat, daß es zu einer Erwärmung apokalyptischen Ausmaßes kam.

»Ich habe Sie was gefragt, Mann!« sagt der Phaetonlenker und deutet mit dem Pfeifenstil auf meine Brust. Deute meinerseits auf das Pflaster, auf dem ich mich eben befinde. Wo ein echter Dresdner ist, ist auch das Zentrum nicht weit.

»Sprechen sie deutsch?« fragt er.

»Nu«, sage ich wahrheitsgemäß. Worauf er im Davongleiten die Autoscheibe (automatisch) nach oben fahren läßt und mit dem Pfeifenstiel (manuell) eine Plemplembewegung vollführt. Zeige ihm allerdings auch einen Vogel. Wenn selbst ein grauhaariger, pfeiferauchender Herr nicht mehr »Guten Tag« sagen kann und auch die Abschiedsformel nicht weiß, steht der Weltuntergang ohnehin bevor.

3.

Vater Mutter Kind vor der Semperoper. Sich gegenseitig bestätigend, daß sie das Ding schon einmal im Fernsehen gesehen haben. »Doch, doch, direkt in der Werbung, vor der Tagesschau.« Mit dem golden überwölbten Balkon, der sogenannten Exedra, die in der Mitte des horizontal-demokratisch geschwungenen Baus als vertikale Zusatzgebärde die Hierarchien klarstellt – Zugeständnis Sempers an die Verhältnisse nach der verlorenen Revolution von 1849. Wogegen die Zugeständnisse heutiger Architektenbüros an die Herrschaftsverhältnisse gemeinhin den ganzen Kubus betreffen und gar nicht mehr aufzählbar sind. Revolutionen ja nebenbei bemerkt immer scheitern; Scheitern geradezu eines ihrer Bestimmungsstücke ist. Indem man doch immer wieder etwas anderes als das Gewollte bekommt und in unserem Fall noch von Glück reden kann, daß das, was wir bekamen, besser als das Gehabte war, so daß wir es für das Gewollte ausgaben und dafür damit bestraft worden sind, nichts mehr zu wollen zu haben. Wobei auf den Semperopernbalkon nun, anstatt des regierenden Fürsten, im Fernsehen eine Bierflasche tritt. Und virtueller Gerstensaft, musikumbrandet und beifallumrauscht, nach der gescheiterten Revolution von 1989 die jetzige Form der Herrschaft darstellt: Das Ineinander von Kapital und Konsum, Aktien- und Spaßgesellschaft. Nur darüber staunen können Vater Mutter Kind auf dem Theaterplatz, was für eine phantastische Brauerei wir hier haben. Gleich neben dem Dresdner Zwinger, der auch ziemlich berühmt sein soll mit seiner Bildergalerie und den beiden Raffael-Engeln aus der Schokoladenwerbung. Fast so berühmt wie das Triumphnischenpilsner aus Sempers Musikbrauerei. Vielleicht das prominenteste Beispiel für eine Dresdner Persönlichkeit, die extra exportiert worden ist, um in der Welt Karriere zu machen. Nur wer draußen berühmt ist, wird auch daheim geschätzt. Anwesenheit in Dresden setzt Abwesenheit voraus. Wobei das Exportbier zu Ostblockzeiten durch phantomhaftes Wiederauftauchen seine Begehrtheit noch zu vervielfachen wußte.

Erinnere mich, wie ich einmal eine Kaufhalle betrat. Nach Betrachtung des Gemüseangebots, das aus einer Kiste mit Weißkraut und einer Kiste mit Rotkraut bestand und sich durch einige halb mit Erde bedeckte Möhren ergänzte, war ich dann doch lieber auf das Coschützer Bier zugesteuert, das bekanntlich die Eigenschaft hatte, nach dem Abheben des Kronenkorkens in der Küche deutlich zu machen, daß der Geruchsverschluß entfernt worden war. – Stellte allerdings den schon angehobenen Kasten sofort wieder beiseite. Nicht, weil es sich hier ohnehin nur um Notversorgung handelte, sondern weil sich darunter ein vollständiger Kasten Radeberger Pilsner befand, so daß ich mich nochmals nach unten beugte, um das Mirakel an mich zu reißen. Dabei das Phänomen, daß der mir entgegenwandernde Kasten umgekehrt proportional zur Entfernung vom Fußboden an Gewicht verlor und plötzlich derartig federleicht war, daß er mir einen Kinnhaken verpaßte. Denn kaum hatte ich den Kasten entdeckt, war ich als Entdecker des Kastens entdeckt. Und von allen Seiten umringten sie mich und griffen mir zeternd in meinen Kasten, an den ich beidhändig gefesselt war, so daß, bei vervielfachten Armen und Händen, blitzartig Flasche um Flasche verschwand und es zu besagtem Kinnhaken kam. Gerade mal zwei Flaschen hatten sie mir übriggelassen, die sich bei näherem Hinsehen freilich als Irrläufer aus der Coschützer Gülleproduktion erwiesen.

»Haben Sie zufällig noch ein Radeberger Bier für mich?« frage ich die Bedienung auf der Brühlschen Touristenterrasse.

»Zufällig ja«, sagt sie. »Wie viele möchten Sie denn?«

Erkläre dem grünweiß bedirndelten Kind, daß ich früher tatsächlich manchmal gleich zwei oder drei Biere auf einen Schlag bestellt hätte. Einmal, weil so ein Faß nach dem ersten Bier leicht wieder alle war. Zum anderen, weil der Bedienungsvorgang die Bedienung oft derart erschöpfte, daß sie erst einmal hinten eine rauchen mußte und einfach nicht mehr wiederkam, so daß selbst drei Biere kaum reichten.

»Sagten Sie drei?«

»Ja«, sage ich. Und trotz sofortiger Dementibewegung schweben bereits drei vollständige Radeberger Biere durch die Luft auf mich zu, um bei der Frage, wo denn die anderen Herrschaften Platz nehmen würden, noch einmal meinen Kopf zu umkreisen, eh sie, da ich darauf auch keine Antwort weiß, direkt vor mir auf dem Tisch aufsetzen.

Bloß gut, daß ich durch die Dresdenbroschüre einigermaßen inkognito bin. Nur als Tourist getarnt kann ein Dresdner in Dresden noch zu Hause sein. Und das müssen die hier nun wirklich nicht wissen, daß unsereins die Radeberger gleich dreifach in sich schüttet.

Jedenfalls gelingt es mir, in den hohen, goldenen Gläsern mit der Aufschrift »Tafelgetränk Seiner Majestät« den Biergeist seine Straße aufwärtsziehen zu lassen. Und so – auf dieser Brühlschen Terrasse, da unten im Fluß ein Schaufelraddampfer das Glitzern umsortiert, mit den Dresdenbesuchern ins Sonnenlicht blinzelnd – die deutsch-deutsche Vereinigung nachträglich an mir selbst zu vollziehen. Zumal ich ja längst auch zu den Chefs dieser Welt gehöre und eigentlich schön blöde wäre, unser Dresden zu verlassen, um irgendwo da draußen in der Pampa Karriere zu machen.

»Grüß Gott«, sagt eine Dame; wobei mich dieser Gruß ein wenig zusammenzucken läßt, weil er die allerhöchsten Anforderungen an einen stellt und überdies die Kunst des Grüßens auf beneidenswertem Niveau fortsetzt. Allerdings meint sie gar nicht mich, sondern am Nebentisch die blau-gelbgedirndelte Dame. Freilich, auch an meinen Tisch tritt manchmal jemand heran, doch jedesmal, wenn er mich und meine drei Biere sieht, sucht er sich einen anderen Platz, möglichst auf der anderen Seite, in maximalem Abstand zu mir. Einmal tritt auch ein Sachse heran, in dieser etwas direkten, massivsächsischen Art, so daß ich die Touristenbroschüre nur knapp vor ihm zu verbergen vermag. »Wohl großen Durst heute?« fragt er, obwohl er doch wissen könnte, daß es sich hier um ein Mangelsyndrom aus Ostblockzeiten handelt. »Vorratshaltung« erläutere ich. »Für den Fall, daß der Westen auch zusammenbricht.«

»Was ist denn das für eener?« fragt er über den Elbstrom hinweg in Richtung Landesregierung. Dann nimmt er doch den Nachbartisch, wo die Damen sitzen. Demonstrativ bestellt er einen Schoppen Meißner, obwohl er von seiner frühwettinisch anmutenden Eberhaftigkeit her garantiert Biertrinker ist. »Willkommen auf dem Balkon Europas«, sagt er mit dröhnendem Baß zu den Damen, wobei man wissen muß, daß die Dresdentümler die Brühlsche Terrasse immer so nennen. »Wie schön dieses Dresden schon wieder ist«, sagt die Dame, die mit »Grüß Gott« gegrüßt hat, an dem Massivsachsen vorbei zu der gelbrot bedirndelten Dame, die nach eigenem Bekunden in Hinterzarten ein Eigenheim hat. »Wo Sie recht haben, haben Sie recht«, mischt sich der Sachse sofort wieder ein, und obwohl auch ich nichts lieber höre, als daß jemand Dresden schön findet, zumal dergleichen ja auch auf einen selber abfärbt, ertappe ich mich doch dabei, das mich das Lob verstimmt. Weil es von außerhalb kommt, von seiten der Deutungshoheit? Die unabweisbare Wahrheit einschließt, daß Dresden ohne den Westen unterdessen gewiß bis nach Sibirien abgedriftet wäre samt seinen längst vom Kraftwerk Mitte zerfressenen Sandsteinengeln? Kurz, lobte die Frau sich mit ihrem Lob nicht wieder einmal selbst? Einschließlich Königstraße, die, dem Ruinenzustand nahe, einst bei mir schon aus Gründen der Verzweiflungsökonomie aus der Wahrnehmung fiel – nun aber, nach ihren Worten, selbst in München ihresgleichen suche. Ja, da gehört sie auch hin, die geliftete Selbstdarstellerin – murre ich hinter meiner Bierbarrikade hervor. Zumal die Dame die Königstraße auch noch preiswert findet, obwohl unsereins dort niemals einkauft; ich bin doch nicht die Gattin des Regierungspräsidenten! Überhaupt komme ich mir in dieser Königstraße – an den gehobenen Dirndlboutiquen, messingschimmernden Rechtsanwälten und unerreichbaren Whiskyauslagen durchaus dankbar vorüberschlendernd – nach Jahrzehnten immer noch vor, als wäre ich hier zu Besuch. Als müßte ich im Rathaus noch das Begrüßungsgeld abholen. Die Einhundert Deutsche Mark, die ich im Westen einst als Vorauszahlung auf das Paradies überreicht bekam, wenn es mir gelungen war, meine Verwandten zum Geburtstag besuchen zu dürfen, so daß ich meine Verwandten damals erstaunlich gern besuchte, ja, mir sogar noch einen gar nicht vorhandenen, achtzigjährigen Jubilar von Onkel auflud. Der einzige Verwandte, mit dem ich noch Beziehungen habe.

Dresdenlob von hier verstimmt mich freilich erst recht. Nachdem ich im Spätherbst 1989 erst einmal verkraftet hatte, daß wir von einer Woche zur anderen allesamt nur noch wollten, was wir ohnehin bekamen, meinte ich wenigstens glauben zu dürfen, daß wir auch in der neuen Zeit in der Kunst geübter seien, die auszuüben wir vierzig Jahre lang Gelegenheit hatten: Im Unzufriedensein. Denn lange hatte ich als Sandsteindresdner vergeblich gegen mein heimliches Mich-Abfinden mit den Verhältnissen anzukämpfen versucht, das stets aus der Unvorstellbarkeit anderer Verhältnisse kommt, und ausgerechnet in dem Moment, als ich manchmal schon Nein sagen und in der Küche sogar schon richtig zornig werden konnte, etwa mit dem nicht nur die Bierversorgung in Frage stellenden Satz: »Alles Verbrecher hier« – brach das große Einverständnis über mich herein. Schon seltsam, daß solche ihr Haar noch immer lang herabfallen lassende Altlinke wie ich ausgerechnet den Satz, auf dem sie immer besonders gern herumgeritten sind, nämlich daß das Sein das Bewußtsein bestimmt, am allerwenigsten wahrhaben wollen. Doch eben weil es wieder einmal mit dem Großen und Ganzen nichts wurde, habe ich, wenn ich mich richtig verstehe, die Restbestände meines utopischen Wollens und Trachtens kurzerhand auf das arme Dresden geworfen. Das eben hier, auf dieser von den Dresdentümlern als Balkon Europas bezeichneten Terrasse mit Flußlandschaft und Sandsteingebärde einklagt, was unsereins einzurichten auf der Welt eigentlich aufgetragen ist: Das Außerordentliche. Dresdenlob von hier ist deshalb von vornherein Verrat. Das dauernde Zustimmungsblubbern des Massivsachsen am Nachbartisch etwa, der als tendenzieller Johann-George doch eigentlich wissen müßte, was Dresden einmal war. »Nee, nee, von hier geht keener weg, da fühlt man sich der Stadt viel zu sehr verbunden«, sagt er in meine Richtung, als ahne er meine geheimsten Gedanken. Oder sieht er nur deshalb schon wieder zu mir herüber, weil ich auf die Frage »Noch drei Bier?« schon wieder versehentlich »Ja« gesagt habe, ein allerdings bedenklicher Rückfall in meine Sandsteinherkunft?

Bloß gut, daß hier in Dresden neben den finanziellen auch die geistigen Mittel fehlen, damit sie nicht auch noch recht behalten mit ihrem Dresdenlob. Ich etwa eines Morgens erwachte, in meiner neuen Wohnung, in der Rampischen Gasse, im Schatten der Frauenkirche, und, unter donnerndem Glockengeläut, unser Dresden tatsächlich wieder die schönste Stadt Deutschlands wäre: Durch einen einmaligen Balanceakt aus alt und neu, Architektur und Landschaft, kapitaler Bürgerbeteiligung und demokratisiertem Kapital. Nichts anderes übrig bliebe mir dann, als mich – der letzten Reste meines utopischen Wollens und sämtlicher Schimpfgrundlagen beraubt – vor Freude gleich aus dem Fenster zu stürzen.

Nun freilich am Nachbartisch auch einmal eine kritische Stimme. »Aber die Bauwerke hier sind ja noch schmutziger als früher!« wendet die Dame ein, die nach eigenem Bekunden in Hinterzarten ein Eigenheim hat. – »Die krieschen mir ooch noch reene«, entgegnet der Zustimmungssachse mit einem Gesichtsausdruck, als habe er die Residenz samt Georgentor vor kurzem persönlich ins Stadtbild gesetzt. Und obwohl er als Johann-George eigentlich ein schwerer Biertrinker ist, mutet er sich im Hinblick auf mich noch einen dieser furchtbar teuren, quietschsauren Meißner Weine zu. Doch was die Kritik an Dresden betrifft, nicke ich innerlich hinter meiner Bierbarrikade. Wirklich finster, die sich hier in der Theaterplatzgegend auftürmenden Gesteinsmassen. Was ebenfalls am Sandstein liegt, der sich trotz beständiger Säuberungsversuche immer wieder aufs neue einschwärzt, vor allem der aus Postelwitz. Und wo die Stadt früher grau war, ist die sich fortsetzende Sandsteinfinsternis nun erst recht ein Kontrast zur herrschenden Bildschirmästhetik. Und während die gute Frau in den erneuerten Dächern der Residenz samt Cosel- und Taschenbergpalais die gleichmäßig-rote Industriebeschindelung ihres Eigenheims in Hinterzarten wiedererkennt, muß ihr des Sandsteins geballtes Schwarz um so bedrohlicher vorkommen. Selbst die auf der Hofkirchenbalustrade nach ihrer Restaurierung wieder aufgestellten heiligen Nepomuke haben sich abermals in Richtung des ohnehin schwarzen Sankt Mauritius verfinstert. Wie die Hydranten stehen sie da, hoch über den Drehorgelspielern, Eisverkäufern und allongeperückengeschmückten Berufssachsentümlern – und zählen die Wetter und Jahre. Meßinstrumente der Luftverschmutzung, mit beibehaltener Segensgebärde. Bis durch die rußharten Gesichter wieder die Brandnacht schimmert, in der die Stadt unterging. Der Sandstein ist der wahre Dresdner. Er weigert sich, das Gedächtnis zu verlieren.

4.

Kurzum, auch in Dresden hängengeblieben. Das aber ist der Preis dafür, in Dresden hängengeblieben zu sein, daß ich nun andauernd über Dresden reden muß. Und eigentlich selber nur noch darauf lauere, endlich wieder einmal über Dresden reden zu dürfen. So wie mir auch als sogenanntem Schriftsteller nichts anderes als Dresden einfällt. Und das, obwohl ich eigentlich gar nicht mehr im Elbtal wohne, sondern größtenteils im Erzgebirge, in einer, allerdings volltechnisierten, Feldsteinhütte am Ackerrand. Denn erst nachdem wir in Dresden ausgezogen waren, konnte das vom Rankenwerk unserer vierzigjährigen Vormodernität überwucherte Dornröschenschloß, nach Rückgabe an die Alteigentümer seiner Ranken und Hecken beraubt, zu jener frostigen und eisern umzäunten Reicheleute-Villa erstarren, die es heute ist. Nur die Haustafel mit den Namen der einstigen Bewohner und der kühnen Aufschrift »Eigentum des Volkes« habe ich noch ins Gebirge retten können. Aber auch vom Ackerrand aus ist abends im Dunklen der Widerschein meiner Heimatstadt zu sehen. Und zum Geburtstag hat mir meine Frau eine Schaukel geschenkt, auf der sitze ich manchmal nachts, Glas in der

Hand, und strecke die Füße nach vorn, und schaukle auf Dresden zu, und winkle die Füße an, und schaukle von Dresden zurück. Dreißig Kilometer Abstand – und schon eine andere Welt. Und trotzdem bin ich Dresden noch viel zu nahe, um die Stadt wirklich loszubekommen. Nicht einmal eine Dresdner Tageszeitung kann ich mir da oben leisten. Obwohl meine Durchblätterungsgeschwindigkeit schon wieder an Ostblockzeiten erinnert, regt mich die Lektüre viel zu sehr auf, als daß ich mir dergleichen täglich zumuten könnte. Einmal, weil ich mich dafür schäme, daß Dresden nicht einmal eine Zeitung hat, die diesen Namen verdient; wobei meinen Sandsteindresdnern noch nicht einmal aufgefallen ist, daß sie keine Zeitung haben, die diesen Namen verdient, so daß sie wohl tatsächlich keine Zeitung verdient haben, die diesen Namen verdient. Zum anderen aber ist es wegen der Dresdenprobleme, die auch bei gesteigerter Durchblätterungsgeschwindigkeit unübersehbar sind. Allein das Photo des jeweiligen Bürgermeisters genügt, um bei mir eine Schaffenskrise auszulösen. Lasse mir deshalb von der Verwandtschaft die Ortsblätter prinzipiell nur einmal im Monat ins Gebirge hinaufreichen. Das Bündel studiere ich dann im Akkord, an ohnehin verdorbenen Tagen.

Daß es mit meiner Distanz zu Dresden nicht weit her sein kann, zeigt sich auch daran, daß manchmal selbst ich in Dresdenlob verfalle. Einem weltweit operierenden künstlerischen Ehepaar schlug ich vor, den Lebensabend doch in Dresden zu verbringen. In unserer ehemaligen, jetzt übrigens phantastisch hergerichteten Bröckelvilla sei meine einstige Mietwohnung noch frei. »Dresden ist uns zu provinziell«, lautete die prompte Antwort, die ich nach Provinzlerart mit einem Elbwiesendiener quittierte. Hernach aber kam ich beiläufig auf die Staatskapelle zu sprechen, und wie viele von uns dieses Jahr wieder in Bayreuth mitspielen dürfen. Auch das Wort Kunststadt nahm ich in den Mund, denn so lange ist es nun auch wieder nicht her, daß Richard Strauß uns dirigierte. Und schließlich kam ich sogar auf die Tatsache zu sprechen, daß ich einmal auf der Semperoperntoilette direkt neben den Weltbaß Theo Adam zu stehen gekommen war und vor lauter Ehrfurcht selbst dann nicht recht weiterwußte, als der gütige Mann den Raum schon wieder verlassen hatte.

Ja, lebte ich in Berlin, wie es sich für einen richtigen, sich eben nicht im Lokalen verzettelnden Schriftsteller gehört, würde ich jetzt die Berliner Zeitung mit berlinerischer Schnurzigkeit durchblättern, denn was kümmerte mich Berlin? Selbst der Berliner Bürgermeister behinderte meinen Schaffensprozeß nur unerheblich. Doch sich von der Vater-Mutter-Stadt nicht rechtzeitig gelöst zu haben bedeutet lebenslängliche Bindung bis hin zu mit den Jahren noch zunehmender Eifersucht. Ertappe mich oft dabei, wie ich auf meiner Erzgebirgsschaukel, die Beine in Richtung Elbtal ausstreckend, auf den Widerschein Dresdens zuzuschaukeln versuche, doch wieder und wieder reißt mich die Faust des Erzgebirges ins Dunkel zurück. Unfaßbar, daß sie in Dresden auch ohne mich auskommen. Daß ihnen nicht einmal aufgefallen ist, daß einer ihrer Sandsteinvertreter in den Gneis abgedrängt worden ist. Das ist aber wohl der Hauptgrund, weshalb ich andauernd über Dresden schreibe – in diesen langen, gewundenen, sich nach allen Seiten hin versichernden Sätzen, dem sogenannten Sandsteinsound: Damit sie in Dresden endlich mal merken, was sie eigentlich an mir haben. Und eines Tages gar nicht mehr umhinkommen, eine Delegation mit dem – in Verkehrsfragen ja recht verdienstvollen – Dresdner Bürgermeister an der Spitze vor meine Erzgebirgshütte treten zu lassen – um mir, in der Rampischen Gasse, im Schatten der Frauenkirche, unter donnerndem Glockengeläut eine Wohnung auf Kosten der Stadt anzutragen. Da aber die Stadt in Wirklichkeit nicht einmal einen halben Schriftsteller zu ernähren vermag, fahre ich vom Erzgebirge aus in den entlegensten Gegenden herum, um selbst an Orten wie Iserlohn oder Wanne-Eickel meine nicht enden wollenden Dresden-Aufsätze vorzulesen. Denn überall finden sich noch ein paar Hanseln, die Dresden ebenfalls verließen, um draußen in der Pampa Karriere zu machen. Doch auch sie hören zum Glück nichts lieber als dauernd über Dresden reden, in dem besagten Sandsteinsound. Wobei ich selber ja eher ein etwas geglättetes, gewissermaßen westkompatibles Sandsteinsächsich spreche, das in Fachkreisen auch als Universitätssächsisch bezeichnet wird. Wogegen – ähnlich dem noch unbehaueneren Granitsächsisch aus dem Leipziger Völkerschlachtsbereich – auch das Dresdner Tiefensächsich mit seinen Kehlpreßlauten an unsere jahrhundertelange Geschichtsqual erinnert: Mitten in diesem Okaydeutschland also noch immer Sprache von unten ist. Sprache, die zugibt, daß der Mensch Angst hat auf der Welt. Sprache, die Mühe hat, anderen Befehle zu geben, weshalb die Nazis übrigens ihren Sächsischen Truppenführern Lehrgänge in Hochdeutsch verordnet hatten. Unmöglich, »Gewähr-Iber!« zu sagen, wenn man die Welt erobern will.

Gleichzeitig hat ein hiesiges »Oouh-gucke-ma-da-drieben« ein für ganz Deutschland vorbildliches Staunenspotential. Mit der Angst, die wir in der Welt haben, schließt es die Verblüffung ein, auf der Welt zu sein. Ich selber schätze freilich besonders den speziellen Tonfall der Kulturdresdnerinnen. Kaum halten diese beinah jedes kulturelle Angebot mit Enthusiasmus begrüßenden Wesen ihre Köpfe gegeneinander, erstaunlich dicht übrigens – ich kann es immer kaum fassen, wie dicht Frauen beim Miteinanderreden die Köpfe gegeneinanderhalten – ist auch schon dieser spezielle, sandsteinsächsische Munterkeitston zu vernehmen; durchläutet die grobianisch anmutenden Vokalverunreinigungen plötzlich etwas Helles und Gewitztes – als würde vom Glockenspielpavillon ein Zusatzstaunen über jede gelebte Sekunde herüberweht.

Nicht, daß die Leute hier unbedingt wissen, daß sie eine Seele haben. Dennoch fällt es manchen schwer, das Vorhandensein einer Seele vor anderen zu verbergen und, wie es sich heute gehört, sofort zur Sache zu kommen.

Auf einer meiner vielen Fahrten weit hinter Iserlohn hängengeblieben, wollte ich früh um drei wenigstens noch einmal meine Frau anrufen.

»Bist Du es?« fragte ich.

»Das globsch eher ni«, sagte ein älterer Mann am anderen Ende von Deutschland, dicht an meinem Ohr.

»Oh, da habe ich mich wohl verwählt?«

»Ja«, sagte er traurig. »Was kann man da nur machen?«

Richtiggehend zureden mußte ich ihm, wieder ins Bett zu gehen und noch ein paar Stunden zu schlafen. Ein Hinweis, für den er sich auch noch bedankte.

5.

Bei aller Liebe zu Dresden habe ich Dresden nie kennengelernt. Nicht, daß ich als Kind aus dem Erwachsenengemunkel das Entsetzen des Feuersturms nicht herausgehört hätte. Ein dünnes Flugzeuggenörgel hoch in den Wolken genügte, daß ich mich unter den Küchentisch verkroch: »Dummerchen, wo steckst du denn? Ach so, das Fluchzeuch da oben. Nee, nee, das hat keene Bomben. Das fliescht bloß übers Haus.«

Wenn allerdings Schafe am Hauptbahnhof grasten, schien mir das normal, denn warum sollten Schafe nicht am Hauptbahnhof grasen? Und auch das war nichts besonderes, daß beim Vorüberfahren mit der Straßenbahn auf den Mauerkronen die Goldruten blühten und aus den leeren Fensterhöhlen die Birkenfahnen wehten. Und bald kamen erste Neubauten hinzu, und in der Schule erscholl bereits das: »Dresden – Schöner-denn-je«. So gesehen hätte das Kind ohne weiteres zu einem reinen Gegenwartsdresdner heranwachsen können. Gegen Ende der fünfziger Jahre bekam ich allerdings einmal ein dickes Buch in die Hand; Fotos einer unbekannten Stadt: Brunnen, Torbögen, Paläste; ein wenig wie die Bilder zu einem Märchenbuch. Und auf einer Gasse mit hohen, angeschnittenen Giebeln lastete ein wuchtiges, glockenartiges Monstrum, das mich an Großmutters Kaffeewärmer erinnerte. Weit dahinter jedoch, noch hinter einem anderen Platz, halb schon im Dunst der mir doch bekannte Rathausturm mit dem goldenen Mann obenauf. Doch wie kam der Rathausturm in die Stadt? Oder umgekehrt: Wie kam die Stadt in die Stadt mit dem Rathausturm? »Aber Kind, das ist doch unser Dräsden. Nee, das kehrt ni mehr wieder. Das is für immer futsch.«

6.

Die Liebe zu Dresden kommt aus dem Dresdenverlust. Freilich, auch andere Städte sind zerstört worden. Doch während in anderen Städten durch Neu- oder Neualtbebauung bald wieder das Gefühl aufkommen konnte, erneut in einer Stadt gleichen Namens zu leben, ließen Dresdens Brachflächen eine derartige Gewöhnung nicht zu. Vergeblich erklärten die Stadtbildverklärer Dresden für schöner denn je, zumal die Neubebauung in ihrer real existierenden Kahlheit das perfekte Gegenteil des Versunkenen war. Und dann gab es eben auch dieses Architekturbuch, Löfflers »Altes Dresden«, das so etwas wie das Gedächtnis der Dresdner darstellte und nicht umsonst derartig begehrt war, daß man dafür einen Wasserboiler plus Radeberger Bierkasten bekam. Und obwohl der Verfasser des Dresden-Buchs sich hartnäckig weigerte, mit seinen vielen Malerfreunden von Dresden wegzugehen, vermochte er in Dresden gleichwohl eine Berühmtheit zu werden, indem er die Stadt samt Frauenkirche zu der Weltangelegenheit erklärte, die sie tatsächlich ist. Nach 1989 hat man den Dresdenverteidiger dann endgültig heiliggesprochen und sogar eine Straße nach ihm benannt, und unterdessen ist die Fritz-Löffler-Straße sogar zum mehrspurigen Autobahnzubringer ausgebaut worden, da hätte sich der alte Löffler aber gefreut.

Überhaupt wird die Stadt nun städtisch verdichtet. Unter Verwendung von Sandstein, versteht sich. In Form gleichförmig geschnittener, rechteckiger Platten, die etwa der neuen Altmarktbebauung einen Anschein von Gediegenheit geben, obwohl es sich auch hier nur um Erzeugnisse der Verpakkungsindustrie handelt. Wie Experten versichern, werden sich die Sandsteinplatten in keiner Weise verfinstern. Maschinell geglättet, stellen sie den schon immer erwünschten, garantiert gedächtnislosen Gegenwartsdresdner dar. – Den, der Fortschritt mit Fortschritt verwechselt, Dortmundisierung mit Wiederaufbau.

Noch aber hält sich das Sandsteinbewußtsein, das Dresden den erfreulichen Ruf der Rückwärtsgewandtheit einbringt. Und auch die einmalige Liebe zu Dresden reicht immer noch über Dresden hinaus. Wer hätte je von einer Gesellschaft Namens »Friends of Dortmund« gehört? Die »Friends of Dräsden« hingegen erstrecken sich bis New York. Sogar in Ohio finden sich Leute, die nichts lieber hören als über Dresden reden. Und noch im obersten Stockwerk eines Wolkenkratzers traf ich auf einen Bankier, der, als ich den Mund aufmachte, merkwürdig feuchte Augen bekam, den sogenannten Sandsteinblick, den zu überwinden er Dresden doch einst verlassen hatte.

»Do you come from Dräsden?«

»Nu.«

»Wou.«

Nicht umsonst kulminiert die weltweite Dresdenliebe in jenem Kaffeewärmer, den ich als Kind in dem Buch »Das alte Dresden« sah; in der Kuppel der Frauenkirche, in der sich der Gedanke der deutschen Vereinigung ein spätes, aber weithin sichtbares Denkmal zu setzen vermochte. Die Spendenbereitschaft war derartig groß, daß man mit einigem Geschick sogar noch eine zweite Frauenkirche hätte errichten können: Um Dresdens Gläserne Manufaktur als Zentrum einer auch schon bald wieder veralteten und vorsintflutlichen Technik mit der steinernen Glocke des Friedens zwischen Himmel und Erde zu überwölben.

7.

Ach, dieses Sandsteindresden. Noch einmal hatte ich auf dem Brühlschen Touristenausguck die Frage nach den drei Bieren nur ungenügend verneint. Neun Radeberger Biere am frühen Nachmittag – einc sclbst für Ostblockzeiten ungewöhnliche Maßnahme. Und doch standen sie mir viel eher zu als den Umsitzenden, die immer schon alles hatten. Daß allerdings schon wieder drei Gläser auf meinem Tisch gelandet waren, blieb nicht unbemerkt. Und als ich die Bierbarrikade vorsichtig zu reduzieren versuchte, wurde ich erst recht

Gegenstand allgemeiner Aufmerksamkeit. »Nee, meine Damen, wenn Sie den Karl Marx da drüben meinen, das ist mit Sicherheit einer von hier, so benimmt sich kein Dresdenbesucher«, sagte der Zustimmungssachse mit dröhnendem Baß, so daß auch mein Inkognito hinfällig war. Mochte es hinfällig sein. Sollten sie doch wissen, daß unsereins das teure Bier prinzipiell im Dreierpack trank. Kein geeigneterer Ort als die Brühlsche Terrasse, um das endgültige Ende der Sandsteinbescheidenheit auszurufen. Noch drei Biere! rief ich, doch die Bedienung kam nicht. »So« – sagte ich Richtung Zustimmungssachse – »hat es bei uns auch einmal angefangen!« – »Kommt alles auf eine Rechnung?« fragte hierauf die Bedienung, obwohl ich ganz allein am Tisch saß. Da aber stand mein Entschluß schon fest, dieses verdirndelte Dresden endgültig hinter mir zu lassen. Nur noch einmal rasch auf den Rathausturm hinauf, denn ein Abschiedsblick mußte schon sein. Daß der mich noch einmal umstimmen würde, stand ohnehin nicht zu befürchten, da Dresden vom Rathausturm aus wie ein Kühlschrank von hinten aussieht.

Und wirklich, oben angelangt, bin ich zum Glück enttäuscht. Selbst der Elbhang verläuft sich kläglich im Dunst, so daß mir plötzlich schleierhaft ist, was ich mit diesem Elbhang immer für ein Gewese gemacht habe.

Freilich, die Frauenkirche. Schon ein Hammer, daß sie da neuerdings vor einem steht. Beim ersten Hinschauen verblüffend schlank, beim zweiten Hinschauen wuchtiger, fast kaffeewärmerhaft. Auch sie schaut mich unentwegt an. Besonders mit diesen verstreut angeordneten schwarzen Steinen aus der alten Frauenkirche, die, durch ihre Vereinzelung besonders künstlich anmutend, das Gedächtnis der neuen Frauenkirche darstellen. Wobei der jetzt noch sehr helle, wuchtig-schlanke, umtürmte und umgiebelte Leib sich wohl langsam auch verfinstert, so daß es hier mit dem Sandstein eher umgekehrt gehen wird: Sich nach und nach einschwärzend wird er allmählich das Gedächtnis verlieren und auch die schwarzen Erinnerungssteine im dunklen Gesamtkörper verschwinden lassen, bis die Nachbildung endgültig als Original erscheint. So wie sich auch bei den Dresdnern das Untergangswissen verflüchtigen wird, die Ahnung von Dresdens Einmaligkeit, die Dresdenutopie.

»Auf nach Berlin«, denke ich und werfe den Touristenführer schon mal über die Rathausturmbrüstung. Erstaunlich, wie er flattert, sich aufgeregt auf- und zuklappend, über den Dächern hält und, die Verkehrschluchten überquerend, energisch auf Berlin zutorkelt. Auch ich stehe schon auf der Brüstung, probehalber die Arme durchschlagend und unter den Händen sofort hinreichend Luftwiderstand verspürend, so daß ich sogar noch an Höhe gewinne, im Rücken den Rathausmann.

Verhältnismäßig leicht geht das, die Luft nach unten wegzudrücken und sich auf die Art über das Tal der Straßenbahnen zu schwingen, wobei allerdings der Kulturpalast zusätzlicher Armarbeit bedarf. »Bloß gut, daß ich das im Traum schon oft geübt habe«, denke ich, auf die Frauenkirche zuhaltend, die aber einen derartigen Sog ausübt, daß ich an ihr zu zerschellen drohe und lieber einen Bogen vollführe; will ja noch nach Berlin. Wann war das eigentlich, daß ich mit Tausenden dort unten stand und zusah, wie ein riesiger Kran die

Turmhaube mit dem Goldkreuz aufsetzte? Freilich, als ich mich damals nach meinen Sandsteindresdnern umdrehte, waren sie plötzlich ganz hart geworden. Hatten zu Hunderten schwarze Kästen an ihren Köpfen, die allesamt losblitzten, in dem historischen Moment, als unter Glockenläuten die Haube aufsetzte und das Bauwerk vollendet war. Dazwischen aber standen einige Frauen mit vollkommen nackten Gesichtern; und weit geöffnet waren ihre hellen Augen und große Tränen standen darin, weil nun doch einmal das Unmögliche geschah und Dresden wieder Dresden wurde.

Sehe auch jetzt viele Leute dort unten, doch niemand beachtet mich. Ein mit bloßen Armen und durchhängenden Beinen über sie hinwegflatternder Ikarus müßte für diese Provinzstadtbewohner doch ein Ereignis sein. Gar nicht auffallen wird ihnen, daß ich Dresden verlassen habe. Ohne weiteres werden sie ohne mich auskommen. Und sich auch in kulturellen Fragen mit importierten Heinis begnügen. Viel zu spät bin ich nach Berlin losgeflogen, um dort noch Karriere zu machen, derart, daß sie es auch in Dresden bemerken. Zumindest eine Pressekonferenz hätte ich geben sollen, ehe ich den Luftweg nahm. Und verliere auch noch dauernd an Höhe, trotz immer heftigeren Armedurchschlagens; auch das im Traum oft erlebt. Schiefwinklig einwärtskippend, kann ich mich gerade noch an den Drohgebärden der Hofkirchenheiligen vorüberfallen lassen. Und sehe da unten die Dresdenbroschüre kopfüber auf das Pflaster aufklatschen, auf dem sie mit weit ausgebreiteten Armen liegenbleibt. Da aber setze auch ich hart auf dem Theaterplatz auf, direkt zwischen den Drehorgelspielern und Berufssachsentümlern. Ein Feuerschlucker verschluckt sich, einem Jongleur verharren die grünen und weißen Kugeln ausdrücklich in der Luft. – Beifall, eine Reisegruppe umringt mich. »Ach, da ist er ja endlich, unser Stadtbilderklärer«, sagt die Reiseleiterin und überreicht mir die Dresdenbroschüre.

»Ja, aber wo haben Sie denn Ihre Allongeperücke?«

»Als altlinker Dresdenutopist lasse ich mein natürliches Haar noch immer lang herabfallen!«

»Unsinn, nehmen Sie die Perücke von unserem Busfahrer«, sagt sie und stülpt mir das Ding auf den Kopf. – »Na, gut«, denke ich, »immerhin eine Gelegenheit, mal wieder über Dresden zu reden.« Schon habe ich die Brühlsche Terrasse zum Balkon Europas erklärt.

Inhalt

Abbildung Seite 24/25:
Ludwig Richter, Der Brautzug im Frühling (1847),
Staatliche Kunstsammlungen Dresden,
Galerie Neue Meister

Insel Verlag Frankfurt am Main und Leipzig 2005
Alle Rechte vorbehalten, insbesondere das der Übersetzung,
des öffentlichen Vortrags sowie der Übertragung
durch Rundfunk und Fernsehen, auch einzelner Teile.
Kein Teil des Werks darf in irgendeiner Form
(durch Fotografie, Mikrofilm oder andere Verfahren)
ohne schriftliche Genehmigung des Verlages reproduziert
oder unter Verwendung elektronischer Systeme verarbeitet,
vervielfältigt oder verbreitet werden.
Typografie und Bezugspapier: Werner Zegarzewski
(unter Verwendung eines Stiefmütterchenkranzes
von Antoine Pascal)
Gesetzt in der Schrift Adobe Caslon.
Gedruckt auf holzfreiem, alterungsbeständigem
Werkdruckpapier der Papierfabrik Cordier, Bad Dürkheim,
vom Memminger MedienCentrum.
Gebunden in Fadenheftung
von der Buchbinderei Spinner, Ottersweier.
Printed in Germany
ISBN 3-458-19266-2
Erste Auflage 2005

1 2 3 4 5 6 – 10 09 08 07 06 05